編著／
林美女

看圖
學注音

（五）

看圖學注音

目錄

頁次	教材內容	注音符號	頁次	教材內容	注音符號	頁次	教材內容	注音符號	頁次	教材內容	注音符號	頁次	教材內容	注音符號
41	ㄖˋ	ㄖ	32	ㄐㄩˋ	ㄩ	22~25	練習九		11	ㄈㄤˊ	ㄈ	1	ㄅㄨㄥ	ㄅ
45	ㄦˋ	ㄦ	33	ㄩㄢˊ					12	ㄈㄢˋ		2	ㄅㄤ	
46	ㄦˊ		34	ㄩˊ		26	ㄙㄠˇ	ㄙ	14	ㄎㄨ	ㄎ	3	ㄅㄞˋ	
47	ㄦˇ		37	ㄖㄜˋ	ㄖ	27	ㄙㄢˇ		15	ㄎㄡˋ		4	ㄅˋ	
51~56	練習十		38	ㄖㄡˋ		28	ㄙㄨㄛˇ		16	ㄎㄨˋ		8	ㄈㄥ	ㄈ
			39	ㄖㄣˊ		30	ㄑㄩㄣˊ	ㄩ	17	ㄎㄨㄞ		9	ㄈㄥˋ	
			40	ㄖˋ		31	ㄩˇ		18	ㄎㄨㄥˇ		10	ㄈㄨˇ	

使用說明

‧‧‧‧‧‧‧‧

　　本套注音符號的出現順序，是依學生學過的注音符號為基礎，引導他學習新注音符號的方式，編排注音符號出現先後順序。所以不能顛倒單元順序學習。請依照單元的先後順序學習，由第一冊、第二冊、第三冊、第四冊、第五冊的順序學習。每一冊要依頁次學習。圖可以給兒童著色、練習說話。

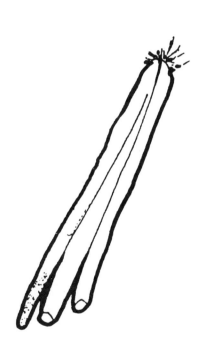

ちメム

5〜1

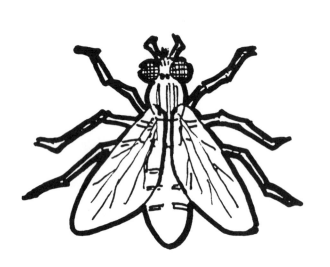

ㄘ
ㄤ

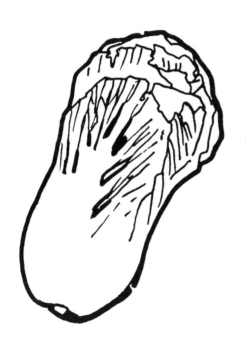

ㄘ
ㄞ

ぢ

ㄘ
ㄞˋ

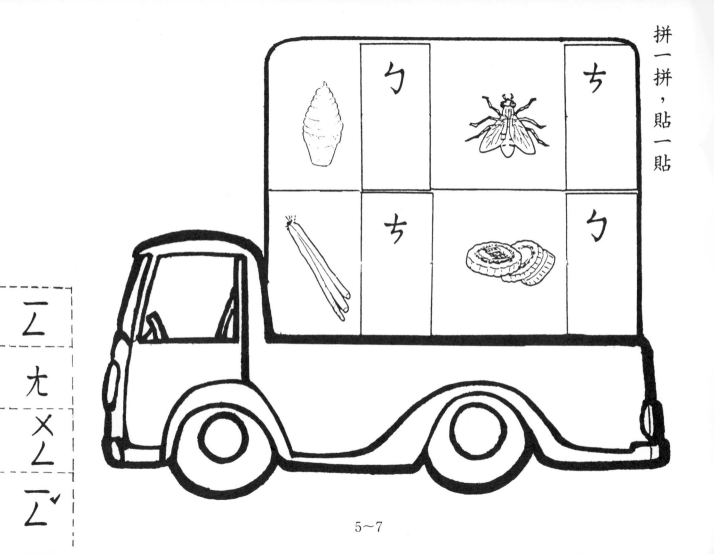

拼一拼，貼一貼

ㄅ

ㄊ

ㄊ

ㄆ

ㄥ ㄤ ㄨ ㄥ ㄛ

5~7

ㄷ
ㄹ

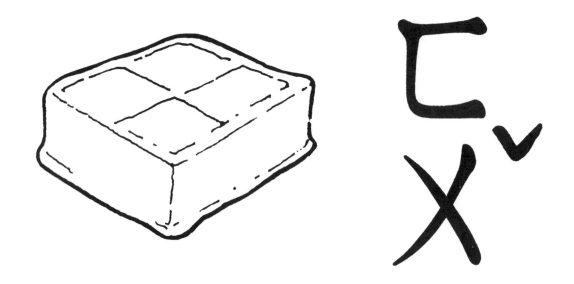

ㄈㄨˇ

ㄈㄤˊ

ㄞ

ㄨ

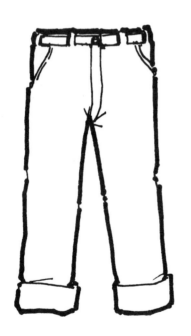

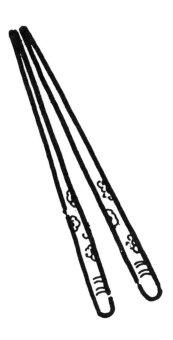

ㄎㄨㄞ

貼一貼，說說看屋裡哪個音相同？

5~19

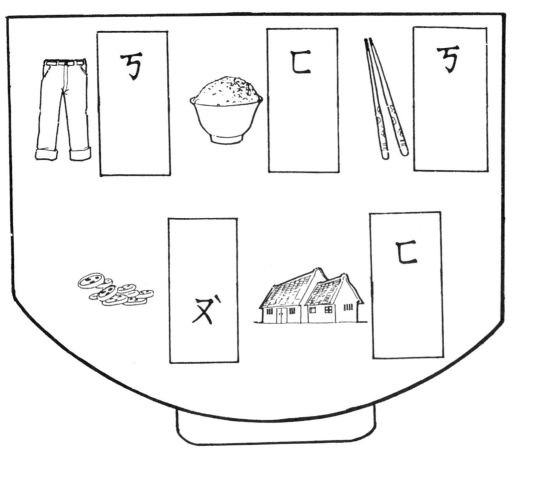

拼一拼 貼一貼

ㄎ
ㄈ
ㄎ

ㄨ
ㄈ

ㄤˊ
ㄎ
ㄋ
ㄨ
ㄨ
ㄞˋ

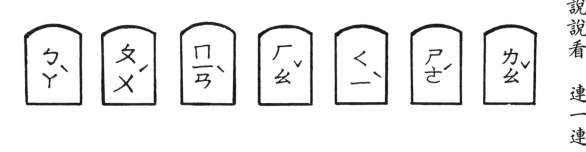

ㄅㄚ	ㄆㄨˊ	ㄇㄢ	ㄏㄠˊ	ㄑㄧˋ	ㄕㄜˊ	ㄌㄠˇ

ㄕ	ㄅㄠ	ㄊㄠˊ	˙ㄊㄠ	˙ㄅㄚ	ㄔ	ㄔㄜ

練習九 ㄌㄧㄢˋ ㄒㄧˊ ㄐㄧㄡˇ

ㄅㄧㄥˇ ㄍㄢ	ㄅㄧㄥ ㄕㄨㄟˊ	ㄅㄧㄢ ㄌㄧㄥ	ㄊ	ㄊㄠˇ ㄌㄧˋ	ㄅㄞˊ ㄊㄞˋ	ㄊㄤ ㄧㄥˊ

ㄉㄡˋ ㄈㄨˇ	ㄆㄧㄥˊ ㄍㄨㄛˇ	ㄈㄥˋ ㄔㄜ	ㄑㄧㄥ ㄨㄚ	ㄈㄥˋ ㄌㄧˋ	ㄙ	ㄉㄠˇ ㄧㄥ

ㄎㄨㄞˋ ˙ㄗ	ㄎㄨㄥˊ ㄌㄨㄥˊ	ㄔㄤˊ ㄎㄨ	ㄈ	ㄊㄚˋ ㄈㄚ	ㄈㄟˋ ㄗㄠ	ㄈㄤ ㄨ

ㄔ ㄈㄢˋ	ㄕㄤ ㄎㄜˋ	ㄎㄡˋ ˙ㄗ	ㄉㄥˇ ㄔㄜ	ㄗㄨㄥˋ ˙ㄗ	ㄇㄧˋ ㄈㄥ	ㄎ

5～23

ㄏㄨㄥˊ ㄊㄧㄥˊ ㄍㄨㄥˇ	ㄉㄨㄛˊ ㄊㄤˊ ㄧㄥˊ	ㄓㄥˋ ㄑㄧㄥˊ ㄨㄚˊ	ㄨㄛˊ ㄈㄥˊ ㄔㄜ	ㄎㄞˇ ㄅㄧㄢˋ ㄅㄥ	ㄏㄜ ㄅㄥˊ ㄕㄨㄟˋ	ㄔ ㄅㄞˊ ㄊㄞˊ
ㄑㄧㄥˊ ㄨㄚˊ ㄆㄠˋ ˙ㄌㄜ	ㄌㄠˇ ㄧㄥ ㄈㄟ ˙ㄌㄜ	ㄈㄥˊ ㄧ ˙ㄈㄨ	ㄕㄨㄛˋ ㄊㄠ ㄉㄧˋ ㄕㄤ	ㄈㄥ ㄉㄧ ㄌㄧㄥˊ ㄊㄢˊ	ㄅㄡ ㄈㄨˇ ㄏㄠˇ ㄔ	ㄨㄛˋ ㄧㄠˋ ㄔ ㄈㄢˋ

ㄋㄧㄚˊ ㄎㄨㄞˇ ·ㄗ	ㄈㄡˋ ㄈㄡˋ ·ㄗ	ㄔㄧˊ ㄇㄨㄢˊ ㄈㄨˋ ·ㄗ	ㄕㄤ ㄈㄟˋ ·ㄉㄜ	ㄊㄤ ㄧㄥˊ ㄈㄟˋ ·ㄉㄜ	ㄐㄩㄢˇ ㄊㄡˋ ㄈㄟˇ	ㄒㄧㄤ ㄈㄟˋ ㄗㄠ

ㄇㄟˊ ·ㄇㄟ ㄉㄢˇ ㄔㄜ	ㄊㄚ ㄧㄠ ㄇㄟˋ ㄗㄠˋ	ㄧ ·ㄅㄨ ㄙㄢˊ ㄗㄤ	ㄧˊ ㄆㄢ ㄅㄧㄥˇ ㄍㄢ	ㄨㄛˇ ㄧㄠˋ ㄔ ㄕㄨˋ ·ㄗ	ㄇㄟ ㄧㄡˊ ㄔㄧ ㄈㄢˊ	ㄈㄥ ㄇㄧ ㄏㄠˇ ㄔㄞ

ㄙ
ㄠˇ

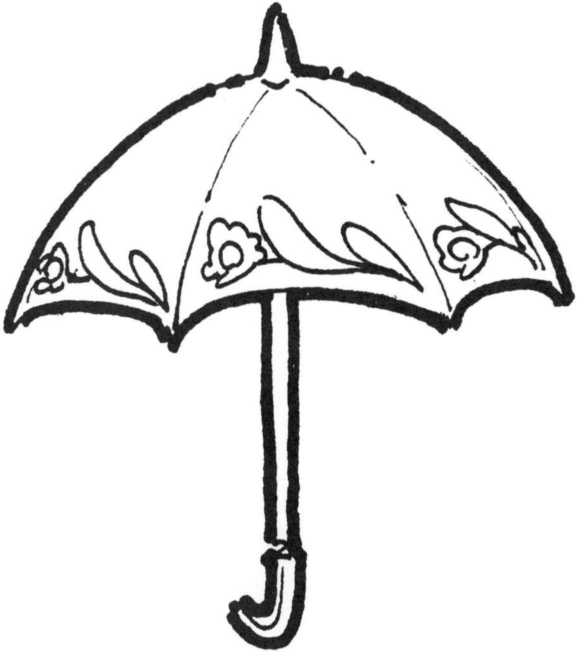

ㄙㄢˇ

貼一貼，說說看屋裡哪個音相同？

ㄨㄛˊ

ㄢˇ

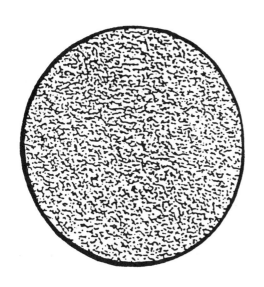

밤

ㄩˊ

貼一貼，說說看屋裡哪個音相同？

ㄐ

ㄩ

ㄩˊ
ㄩˋ

5～35

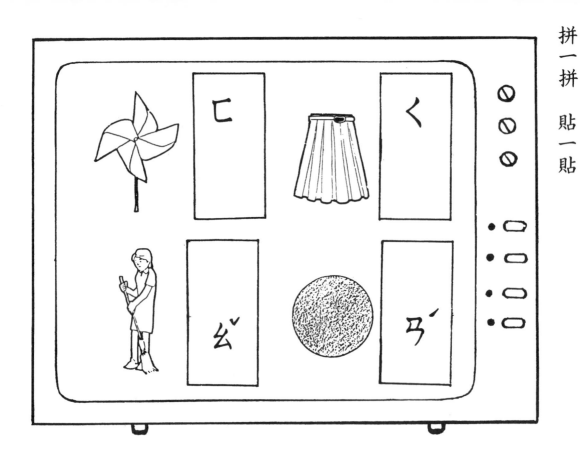

ㄩ

ㄙ

ㄅㄧ

ㄥ

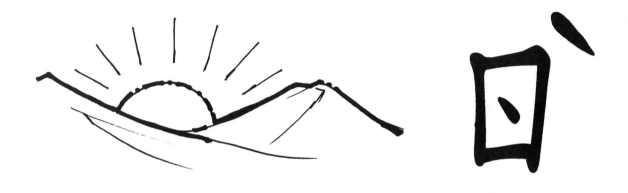

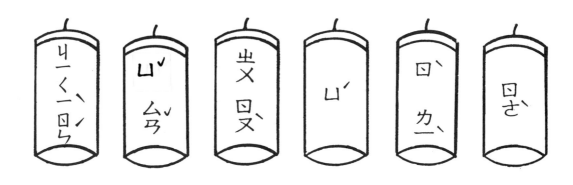

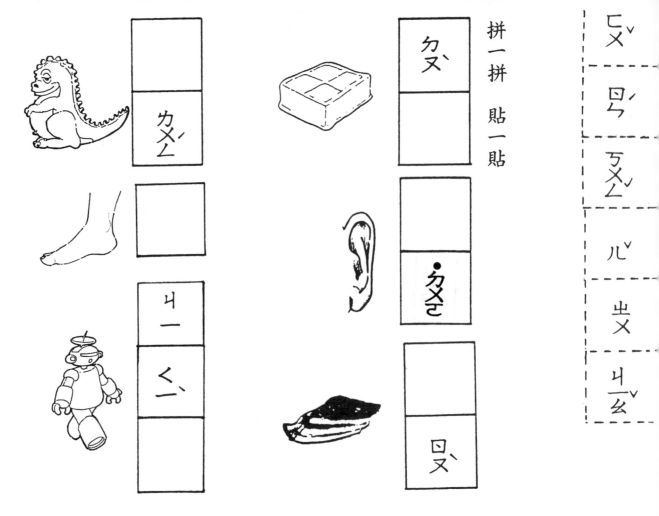

拼一拼　貼一貼

5～44

2

ㄦˇ

ㄦ

ㄖˋ
ㄦˇ
ㄦˊ
ㄖ

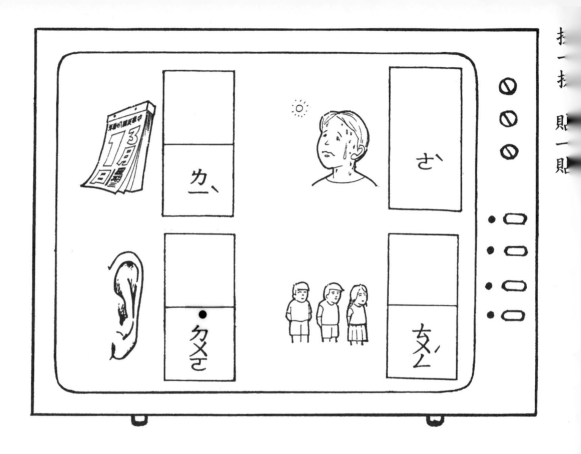

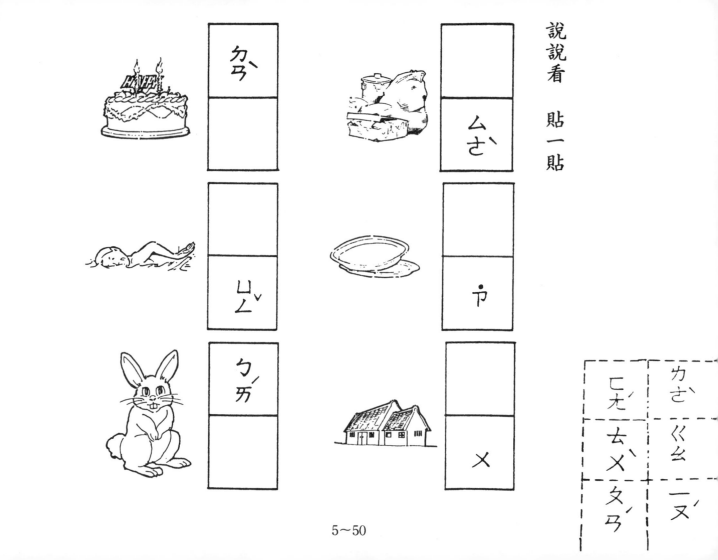

ㄉㄢˋ

ㄙㄜˋ

ㄩㄥˇ

ㄗ

ㄅˊㄞ

ㄨ

ㄈㄤˊ	ㄍㄠˋ	ㄉㄜˋ
ㄊㄨˋ	ㄇㄠˊ	ㄧㄡˋ
ㄆㄢˊ		

ㄐㄧㄣˋ ㄩˋ	ㄒㄧㄚˋ ㄩˊ	ㄌㄞˊ ㄐㄧㄢ	ㄩˋ ㄇㄧˋ	ㄐㄩˋ ㄗ˙	ㄧㄡˋ ㄩㄥˊ	ㄩ

ㄩㄣˊ ㄉㄨㄥˋ	ㄋㄩˇ ㄕㄥ	ㄧ ㄩㄢˋ	ㄑㄩㄣˊ ㄗ˙	ㄙ ㄐㄧ	ㄙˋ ˙ㄍㄜ	ㄙ

口	ㄖㄜˋ ㄕㄨㄟˋ	ㄇㄡˋ ㄊㄨㄥˊ	ㄓㄨ ㄇㄡˊ	ㄊㄢˊ ·ㄑㄜ	ㄙㄠ ㄌㄧˋ	ㄙㄠˋ ㄅㄚˇ

ㄩˇ ㄙㄢˇ	ㄖㄜˋ ㄋㄠˊ	ㄦ	ㄦˇ ㄊㄥˊ	ㄉㄟˋ ㄦˋ	ㄦˇ ·ㄉㄨㄛ	ㄇㄧˇ ㄌㄧˋ

ㄊㄞ ㄉㄨㄛˇ ㄏㄠˇ	ㄙˋ ˙ㄍㄜ ㄇㄢˊ	ㄔ ㄇㄢˋ ㄊㄧㄠ	ㄋㄚˇ ㄐㄩˋ ㄊㄞˊ	ㄔ ㄑㄩㄢˊ ˙ㄗ	ㄑㄩˊ ㄡˇ ㄐㄩˋ	ㄒㄧㄚˋ ㄐㄩˋ ˙ㄉㄜ

ㄏㄠˋ ㄦˊ ㄊㄨㄥˋ	ㄌㄧˇ ㄊㄤ ㄊㄧˊ ㄠˊ ㄩˊ	ㄙ ㄖˋ ㄌㄧˋ	ㄇㄞˋ ㄐㄩˋ ㄇㄧˇ	一 ㄐㄧㄢ ㄌㄧˇ	ㄦˇ ㄅㄛˊ ㄌㄧˇ	ㄓㄣ ㄅㄛˋ ㄋㄠˊ

ㄕ ㄐㄧˇ ㄔㄠˊ ㄧ ˙ㄈㄨ	ㄇㄟˋ ˙ㄇㄟ ㄔㄤ ㄍㄜ	ㄐㄧㄝˇ ˙ㄐㄧㄝ ㄆㄞˋ ㄑㄧㄡˊ	ㄋㄧˇ ㄇㄛ ㄅㄧˋ ˙ㄗ	ㄔㄨˊ ㄏㄠˋ ㄨㄚˋ ˙ㄗ	ㄊㄚ ㄉㄞˋ ㄇㄠˋ ˙ㄗ	ㄨㄛˇ ㄇㄞˇ ㄆㄧˊ ㄅㄠ

ㄨㄛˇ ㄑㄩ ㄇㄞˇ ㄊㄤˋ	ㄨㄛˇ ㄧㄡˋ ㄅㄥ ㄅㄤ	ㄇㄚ ·ㄅㄣ ㄈㄟˊ ·ㄈㄨ	ㄋㄧˇ ㄓㄟˋ ㄅㄨˋ ㄉㄠˋ	ㄑㄩㄥˊ ㄋㄧˊ ㄅㄤˋ ㄇㄟˋ	ㄍㄡˋ ㄊㄠˇ ·ㄌㄜ	ㄅㄚˇ ㄊㄛˋ ㄅㄛ ㄌㄧˊ

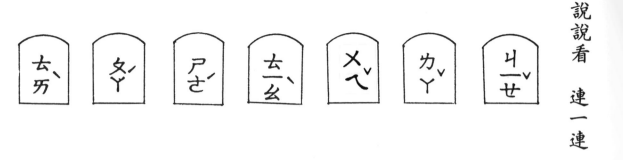

ㄊㄞˋ　ㄆㄚ　ㄕㄜˊ　ㄊㄠˋ　ㄨㄟˇ　ㄌㄚˇ　ㄐㄧㄝˇ

ㄨˋ　ㄋㄚ˙　ㄐㄧㄝ˙　ㄕㄢ　ㄊㄡ˙　ㄧㄤ　ㄋㄚ˙

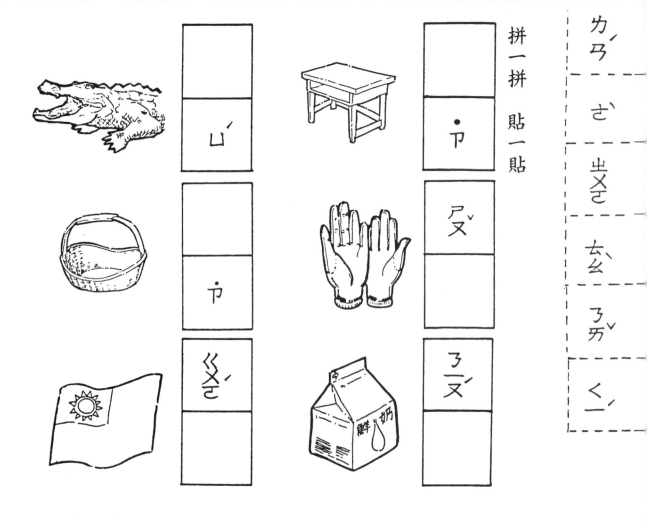

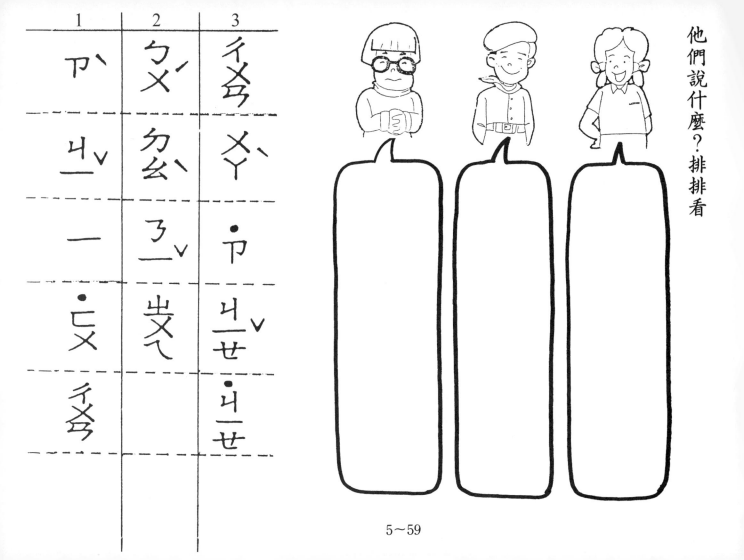